Der Waldpfad

Der Autor

Hermann Roland Bolz, 1952 in Kaiserslautern geboren, erlebte dort eine glückliche Kindheit und Jugend. Angeregt durch seinen flugbegeisterten Vater widmete er sich schon früh dem Modell-, und hierauf aufbauend bereits mit 14 Jahren dem Segelflug, welchen er auch heute noch als Vereinsfluglehrer betreibt.

Nach dem Abitur verpflichtete er sich für zwei Jahre bei der Bundesluftwaffe. Sein Wehrdienst war überschattet von den dramatisch-tragischen Ereignissen um die israelische Olympiamannschaft, welche er als stellvertretender Wachhabender im Jahre 1972 auf dem Fliegerhorst Fürstenfeldbruck unmittelbar erlebte, und die ihn in seiner Lebenseinstellung nachhaltig prägten.

Anschließend studierte er Forstwissenschaften in Freiburg im Breisgau. Sein hieran anknüpfender beruflicher Lebensweg umfasste zahlreiche Stationen inner- und außerhalb der Forstverwaltung von Rheinland-Pfalz. So war er nach dem Fall des Eisernen Vorhangs als Amtshelfer in Thüringen, als Verwaltungsmodernisierer in der rheinland-pfälzischen Staatskanzlei und nicht zuletzt als Entwicklungshelfer in Jordanien tätig. Bis zu seiner Ruhestandsversetzung im Jahre 2019 war er Direktor der Zentralstelle der Forstverwaltung in Neustadt an der Weinstraße.

Hermann Roland Bolz ist verheiratet und Vater von sieben Kindern.

Er ist geprägt durch seinen an weiten Zeithorizonten und komplexen natürlichen und sozioökonomischen Systemen orientierten forstlichen Beruf und inspiriert sich immer wieder durch die einzigartige Weltperspektive des Segelfliegers. Im Mittelpunkt seines Handelns steht der Wunsch, seiner Verantwortung gegenüber künftigen Generationen gerecht zu werden. Daher beschäftigt er sich heute intensiv mit den aktuellen gesellschaftlichen Herausforderungen. Im Fokus steht dabei die Frage der Nachhaltigen Entwicklung der Menschheit.

Hermann R. Bolz

Der Waldpfad

In Dankbarkeit

meinen Eltern Irene Elenore und Artur Emil Bolz

Herstellung und Verlag: BoD - Books on Demand, Norderstedt
Fotografien: Hermann R. Bolz
ISBN: 978-3-7568-4022-9

Bibliographische Information der Deutschen Bibliothek:
Die Deutsche Bibliothek verzeichnet diese Publikation in der Deutschen Nationalbibliographie; detaillierte bibliographische Daten sind im Internet über http://dnb.ddb.de abrufbar

Der Waldpfad

Kurz hinter unserem Haus beginnt er – mein Waldpfad. Un-
zählige Male habe ich mich seiner Führung anvertraut – und
jedes Mal hat mir das gut getan.

Er zweigt steil vom breiten, geschotterten Wirtschaftsweg ab, so wie mancher von uns aus dem gesellschaftlichen Strom ausschert und einen eigenen, wenn auch beschwerlicheren Weg sucht. Er führt auf wurzeldurchwachsenem Boden rasch und stetig bergan, so, wie vielleicht auch ein gutes Leben verlaufen sollte.

Meine Füße treten auf der Bäume Füße, so, wie wir es überhaupt mit der Natur tun. Wie wir es schon seit jeher tun, ja tun müssen: denn wir leben von der Natur. Die Frage, wie sehr wir ihr auf die Füße treten oder anders, wieviel wir ihr abverlangen, stellen wir nur selten. Wir haben sie überlagert durch unser schneller, höher, weiter. Letzteres hat uns weit gebracht, wurde nie ausselektiert und wird uns sicher noch weit bringen. Unsere Beziehung zur Natur jedoch wird dadurch immer angespannter, und die rechte Lösung hierzu haben wir noch nicht gefunden. Müssen dringend hieran arbeiten, wenn wir unsere Zukunft und die unserer Kinder nicht gefährden wollen.

Gleichwohl breiten die Bäume ihre Kronen auch heute weit über mir aus und schützen auf ihre Art mein Leben. Stellen sich sogar in ihrem Tod in meinen Dienst.

Bald erscheint kreuzend die nächste Forststraße. Ja, es ist eine Forststraße, keine Waldstraße. Forststraßen sind Adern der Ökonomie und dienen dem wirtschaftenden Menschen. Nicht so glatt, wie die Straßen in und zwischen den Ortschaften oder gar die Autobahnen, jedoch so, das schwere Lastkraftwagen sicher darauf fahren können. Die geschlagenen Bäume finden über sie den Weg in die künstliche, menschliche Welt, in der sie eine Metamorphose erfahren. Aus dem sterbenden Baum wird ein Produkt, das dienend ein gutes Menschenleben ermöglicht. Ein Holzhaus, ein Fußboden, ein Möbelstück, eine Tür, ein Fensterladen oder vielleicht ein Blatt Papier, wie dieses hier. Und dabei auch doch nicht ganz tot, indem es in den Köpfen der Menschen die Erinnerung an die ewigen Wälder wachruft und bewahrt.

Auf der Forststraße finden die Menschen in entgegengesetzter Richtung in den Wald. Durchqueren ihn lärmend, geringwertschätzend, stören die majestätische Stille der Natur und fliehen bei nahender Dunkelheit rasch zu den Parklätzen – denn sie sind ängstliche Fremde geworden, im dunklen Wald.

Kaum wahrnehmbar, gar sehr bescheiden, quert der Waldpfad die Forststraße. So, wie manche Menschen leise den gesellschaftlichen Hauptstrom kreuzen, wahrnehmbar zwar, jedoch ohne unmittelbaren Einfluss auf dessen Weg. Werden erst wirksam, wenn andere folgen, den Zug der Lemminge, zu neuen Ufern aufbrechend, verlassen.

Bald taucht der Waldpfad in ein im Wind klapperndes Lär-
chengestänge ein. Wenn jede gepflanzte Lärche ein Baum geworden wäre, wäre unsere Heimat ein Lärchenwald. Wenn je-
der Wunsch in Erfüllung ginge, lebten wir dann in einem

Paradies? Junger Wald, eine Gabe der heute Lebenden an künftige Generationen. So, wie es sein sollte, nicht erst seit heute und nicht nur im Wald.

Wieder berühren meine Füße den Boden. Dieses Mal sind es Steine, die keck aus der Tiefe hervorluken und zum Stolpern verleiten. Stolpern, eigentlich lästig, aber auch Ermunterung, vorsichtiger zu sein, vielleicht auch, einen Moment inne zu halten, nachzudenken und neu zu starten, aufzustehen, wenn man gefallen ist, die Zähne zusammenbeißen, wenn es weh tut. Steine, die sehr alt sind und vieles erzählen könnten. Nur wenige verstehen sie, denn sie sprechen nicht die Menschensprache, und nur wenige Menschen verstehen die Steinesprache. Erzählen auch am Rande von Menschentragödien, mehr aber von natürlichen Ereignissen seit vielen Jahrhunderttausenden und Jahrmillionen.

Bald taucht eine andere auf, die ebenfalls viel erzählen kann – eine Überhaltkiefer. Ein Baum, den der Försterahne künftigen Generationen vorbehalten hat, der älter werden darf als die, mit denen er einst erwuchs. Alt ist er schon, für Menschenverhältnisse sehr alt, und kann uns viel berichten. Gute und schlechte Zeiten für Menschen, aber auch gute und schlechte Zeiten für die jungen Bäume, die, förstergewollt, tief unter seiner Krone in die Zukunft aufbrechen. Manche sind seinem Samen entsprungen, und zwischen ihnen tummelt sich so Einiges: Pflanzen wie Tiere – nicht alles von Menschenhand beflügelt, aber so, dass die Menschheit daraus Nutzen ziehen kann.

Wie alt wird er noch werden?

Gleichmäßig sind meine Schritte, ebenso gleichmäßig, wie die Schläge meines Herzens. Monotonie beginnt zu herrschen und sie bildet einen hervorragenden Hintergrund für meine Gedanken. Verworrene Dinge werden klar, Unruhe und

Sorgen weichen einer tiefen Zuversicht. Auf meinen Körper ist ebenso Verlass wie auf meinen Geist.

Sonnenstrahlen dringen durch das Kronendach. Welch ein goldenes Leuchten, gerade so wie ein großartiger Gedanke, der mich durchdringt.

Nun führt der Pfad über eine Freifläche. Die Natur im Gewand eines Käfers hat sich dem menschlichen Streben in den Weg gestellt. Und nun erhebt sich die Frage, was tun? Sollen wir die Fläche natürlichen Prozessen überlassen? Viele glauben, dies sei ohnehin der Königsweg, vergessen dabei, dass unberührte Natur die Menschheit nicht mehr, wie vor sehr langer Zeit, erhalten kann. Schon lange haben die Menschen die Natur geformt – und sie müssten sie noch mehr formen, wenn alle wenigstens satt werden sollen. Sich den Prozessen der Natur beugen heißt, alle Verantwortung auf sie abzuwälzen. Schöner Zustand: Wir wären dann auch für nichts mehr verantwortlich. Damit wäre aber ebenso unsere Freiheit dahin, und wir unterlägen natürlicher Gerechtigkeit.

Der Wald hat sich auf den Weg in ein anderes Fließgleichgewicht gemacht. Viele erkennen das heute an abgestorbenen oder umgeworfenen Bäumen. Und weil Wald tief in unserer Seele verwurzelt ist, setzen die Menschen sich auch damit auseinander. Wissenschaftlich, populärwissenschaftlich, populistisch oder einfach in stiller Sorge oder gar Verzweiflung. Wissen nicht, dass der Wald schon immer auf dem Weg war. Zog sich mit den Eiszeiten zurück, kam in den Warmzeiten wieder, entfloh erneut dem Eis, eine viele Jahrtausende währende Wanderschaft. Irgendwann einmal hat sich der Mensch eingemischt. Hat Einfluss auf den gerade mal vorhandenen Wald genommen, das gepflegt, was er brauchte, was ihn störte, ausgerottet. Der Rest konnte bleiben. Dabei war der Mensch wirkmächtig und hat zu Beginn der Neuzeit dem Wald so zugesetzt, wie vormals das Eis. Nahezu baumlos war das Land. Kluge Menschen, darunter Forstleute, haben dem Wald wieder auf die Beine geholfen. Heute haben wir großartige Wälder wie schon lange nicht mehr. Gleichwohl sind sie auf dem Weg in ein anderes Fließgleichgewicht. Dieses Mal sind es insbesondere menschliche Aktivitäten wie die globale Mobilität, gesellschaftliche Vorstellungen über die Art der Waldbehandlung sowie auch menschlich bedingte Änderungen unseres Klimas, die die heutige Wanderung der Wälder erzwingen. Unsere Forstleute werden dafür sorgen, dass sie auch in Zukunft als unsere zentrale Lebensgrundlage erhalten bleiben.

Der Pfad verlässt den Ort. In der Erinnerung wach, gibt dieser Anlass zum Nachdenken, zum Nachdenken über menschliche Orientierungen.

Weiter führt der Waldpfad in ein dichtes Buchengestänge. Gedrängt nebeneinander stehen die Bäumchen mit ihren grauen Stämmchen und kleinen Krönchen. Ihr Kampf um mehr Licht ist noch nicht entschieden. Wie bei den jungen Menschen führen selbst kleinste Vorteile später zu großen Unterschieden. Mit seinem Geist hat das Menschenkind eine zusätzliche Chance, seinen Lebenspfad erfolgreicher zu gestalten.

Ein fremdes Geräusch erreicht den Waldpfad. Erst ganz leise, dann jedoch regelmäßig lauter. Beängstigend in seiner Unbestimmtheit, sich offenbar nähernd. Was bleibt ist die Flucht in den Schutz der Bäumchen. Nein, es ist nicht der Schutz der Bäumchen, sondern die schützende Distanz zum Waldpfad, über den ein Mensch mit seinem Fahrrad fliegt. Er dürfte hier nicht fahren, so das Menschengesetz, an das sich der Mensch nicht hält.

Ein runder Tisch mitten im Wald. Ein Ort der Begegnung, der gleichberechtigten Begegnung, der Begegnung auf Augenhöhe in einer verständigungsfördernden Haltung. Kein langer Despotentisch, der Distanz aber auch Macht zum Ausdruck bringen will. Ein Tisch, der Nähe, Stärke aber auch Schwäche zulässt in vertrauensvoller Runde.

Eine mit Kiefern überstandene Fläche – die Ziegenmelkerfläche. Hier hat der Mensch ein bisschen Gott gespielt. Wollte dem entfleuchten Vogel eine Heimat geben und hat mächtig ins natürliche Gefüge eingegriffen.

War der Vogel zu weit weg und hat die menschliche Wohltat nicht erkannt, oder war er kurz da und fand den Ort trotz allen Bemühens der Menschen nicht für gut genug? Man weiß es nicht, und seither hat sich auch niemand mehr um die Fläche gekümmert. Wie bei so vielen solcher menschlich-gut-gemeinten Aktionen hat sich inzwischen die Natur auf den Weg gemacht – dichter Aufwuchs entsteht, in dem der Vogel keine Heimat finden wird.

Und wieder ein Geräusch. Es kommt von weit oben. Brüllt laut auf, verebbt ein bisschen, um gleich darauf wieder mächtig anzuschwellen. Bald gesellt sich ein anderes dazu, und schließlich noch ein drittes. Der Lärm wirbelt nun aufdringlich um sich selbst und liegt wie ein Teppich über dem Land. Kampfjets sind das, die Luftkampf üben. Kampf gegen einen leider nicht mehr imaginären, noch unbekannten Gegner. Gar nicht lange ist es her, da glaubte man, diese Gefahr sei endgültig gebannt. Leise schlich sie sich zurück. Erscheint an so vielen Orten auf unserer Welt und nun auch in unserer Nähe. Die Konflikte sind da, die Waffen sind da – es fehlt nur noch der große Funke.

Nun kreuzt der Waldpfad einen Maschinenweg. Leicht kann man erkennen, wie er sich an die Spuren, die die schweren Räder der Forstmaschinen hinterlassen haben, anschmiegt. Wie Narben muten die Vertiefungen an, Narben, die man auch im Leben erhalten kann. Wer Narben hat, sagt man, hat gekämpft und ist zurückgekommen, um weiter seine Pflichten zu erfüllen. Auch der Waldpfad endet nicht hier, sondern er setzt sich jenseits des Maschinenweges fort.

Endlich erreicht der Waldpfad das Gipfelplateau des Berges und mündet in einen Wirtschaftsweg. Er verlässt mich an dieser Stelle, die im Volksmund Kaisergarten heißt. Nicht der Garten eines Kaisers, sondern einem solchen gewidmet. Immer wenn er Geburtstag hatte, sollte hier gefeiert werden. In diesem Sinne gefeiert wurde nicht oft, denn der Kaiser regierte nicht lange. Anders gefeiert wird hier jedoch immer wieder. Man kann es an der provisorischen Feuerstelle erkennen. Manchmal ist die Asche noch warm. Es sind junge Menschen, die hier des nachts in das Dunkel der Wälder kommen und schaurig schöne Erlebnisse suchen.

Nun sitze ich hier auf einer Bank und trauere, wie der Waldpfad in einer Forststraße untergeht. Bleibe an dieser Stelle zurück. Möchte nicht in den Mahlstrom der Alltäglichkeit ein-
schwenken. Möchte mich über die Wipfel der Bäume und die
Gipfel der Berge erheben. Den festen Boden verlassen, denn
er täuscht ja nur Verlässlichkeit vor. Obwohl dafür nicht

geboren, kann ich mich da oben bewegen. Habe das eben als Mensch gelernt, und der Mensch kann noch mehr. Er kann auch diese Atmosphäre verlassen und sich dem Raum anvertrauen auf dem Weg zu einem neuen Zuhause, das er dann für sich alleine gestaltet. Wäre gerne dabei und weiß doch, dass es mir als Lebendem versagt bleiben wird. Bin sicher, dass sich die ersten schon auf den Weg machen, und begleite sie in meinem Geiste.

Später schließt sich die Tür unseres Hauses, und der Blick ins Kaminfeuer lässt die Gedanken erneut schweifen.

Vom Autor bisher erschienen

Denk-mal-Gedichte und Texte zum Verschenken, ISBN 3-8311-0420-0, 6,50 €

Gwen, ISBN 3-8311.1153-7, 7,00 €

Nachhaltigkeit – eine weitere Worthülse oder ein wirksamer Beitrag zur Verringerung der Ontologischen Differenz, ISBN 3-8334-2812-0, 15,50 €

Eine Kindheit in Kaiserslautern, ISBN 978-3-8370-1437-2, 10,90 €

Waugalt, ISBN 978-3-8370-7078-1, 9,80 €

Robär, ISBN 978-3-8423-5402-9, 9,80 €

Der Staat als Zukunftsagentur – Gesellschaft und Herrschaftssysteme in Nachhaltiger Entwicklung, ISBN 978-3-8482-5956-4, 19,90 €

Der memetische Pfad, ISBN 978-2-7357-7740-9, 7,50 €

Im Reigen der Evolutionen, ISBN 978-3-7448-9900-0, 9,99 €

Nachdenktexte, ISBN 978-3-7528-6065-8, 6,50 €

Robär kehrt zurück, ISBN 978-3-7460-9117-4, 7,50 €

Die disruptive Transformation, ISBN 978-3-7519-0141-3, 10,00 €

Herr Dogder, dess do geht nimmie lang gut!, ISBN 978-3-7526-8782-8, 7,00 €

Jürgen, ISBN 978-3-7534-4332-4, 9,80 €

Vom Urknall zum Xen, ISBN 978-3-7557-6654-4, 13,50 €